人坐在
世界的
边缘,笑

Am Weltenrand sitzen die Menschen und lachen

［奥］菲利普·韦斯（Philipp Weiss） 著

［奥］拉菲拉·舍比茨（Raffaela Schöbitz） 绘

陈 早 译

华东师范大学出版社

·上海·

华东师范大学出版社六点分社　策划

幸福岛

Die
Glückseligen
Inseln

[日] 青木阿伯拉（Abra Aoki） 著绘

1.镜

1. 语言

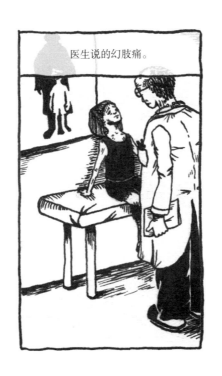

医生说的幻肢痛。

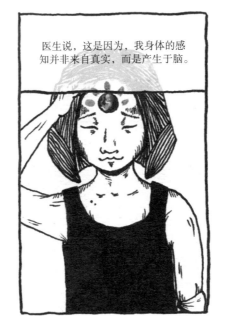

医生说，这是因为，我身体的感知并非来自真实，而是产生于脑。

我
在城市里
穿梭

疼痛始终在

我跑了一整夜，在可笑的恐惧里。

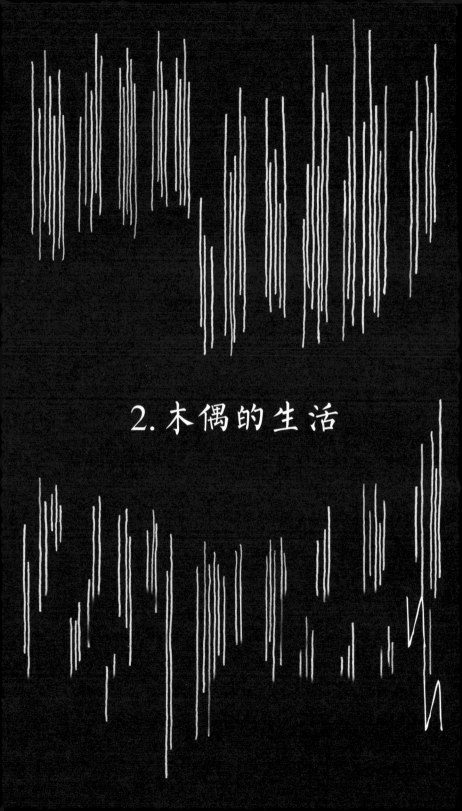

2.木偶的生活

文乐？

舞台边出现了一位说唱者，
他身旁是三味线的弹奏者。

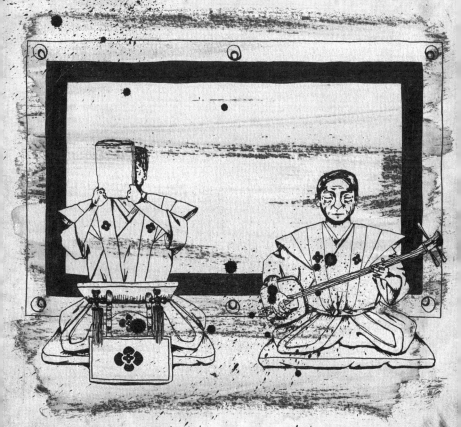

那琴弦的金属声，
那嗡嗡的高亢歌声。

蝙蝠现为鸟。

蝌蚪化作鱼。

有些具人形。
然神智歪曲，
心黑且诈。

……我忘了
周围的一切。

我决定回家。路人挡住我的路。

你要去哪？ 你要去哪？

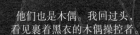

他们也是木偶。我回过头，
看见裹着黑衣的木偶操控者。

12

我和木偶操控者
跳了支奇特的舞。

3. 雪

疼痛消失了。

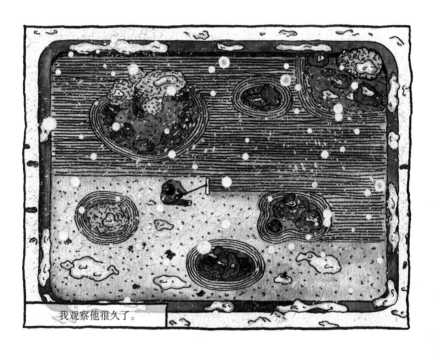

我观察他很久了。

他每天早上五点起床，
清扫整个公园。

他清垃圾。

照料植物。

不论雨，雪。

几年了，也许十几年了。

谁知道？

4.44楼

我在地铁中醒来。银座线。我一定打盹了。

身边只有穿西装的克隆人。

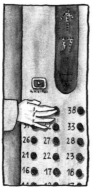

正要坐电梯下去时，
我看到了这个牌子。

我爬上狭窄的螺旋楼梯，它让人想起蜗牛的房子。

我走了很久，很久。

还有一段。

终于到达一间宽敞的塔屋。

在塔屋的一个偏僻角落里，
我找到一台标题为"治疗"的游戏机。

THERAPIE

THERAPIE

我坐进去，关上门。

31

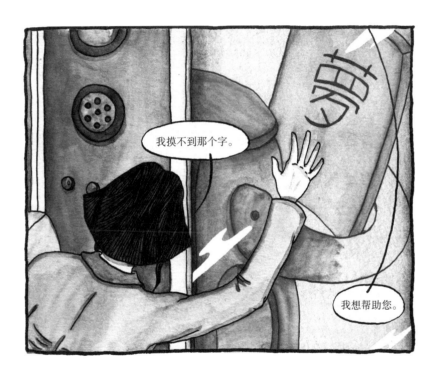

我摸到了那个字。

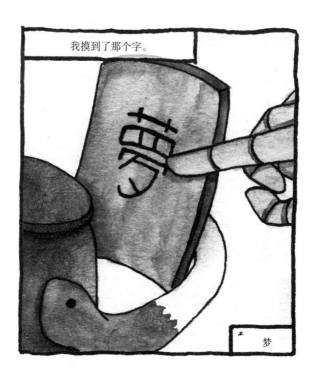

梦

5. 逃离的世界

6. 破碎的档案

我在一个小酒吧里喝醉了。

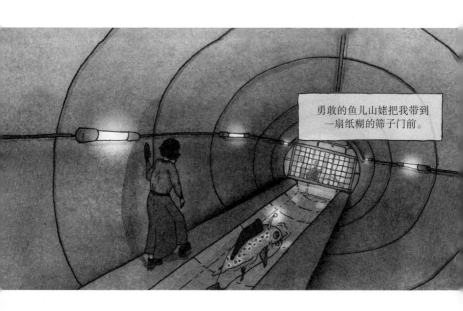

勇敢的鱼儿山姥把我带到一扇纸糊的筛子门前。

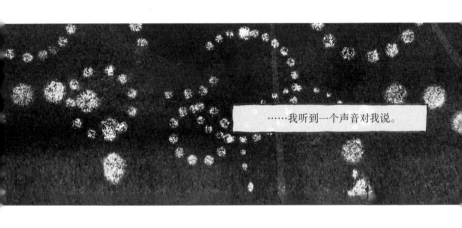

……我听到一个声音对我说。

我看了看四周，发现自己在一个巨大的悖论厅里。
楼梯纵横交错，连接着楼层、房间和维度，却不遵照任何几何或逻辑。
上下、左右、内外，什么都分辨不清。

我任意打开一扇扇门，寻找着我自己。

我试图用思维的活扣系住死亡，却做不到。

7. 柔　术

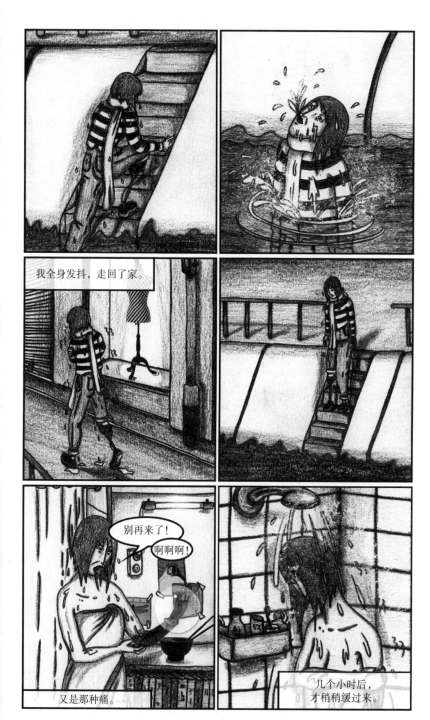

8.集　会

我跟着他穿过大街。他走得那么快，我很难跟上。不太正常。有什么错了。

9. 三途河

仪器在一个大礼堂正中。
它的外表就像荒诞的世界机。
我坐在轮椅里，牵着爸爸的手。

10.庄周之梦

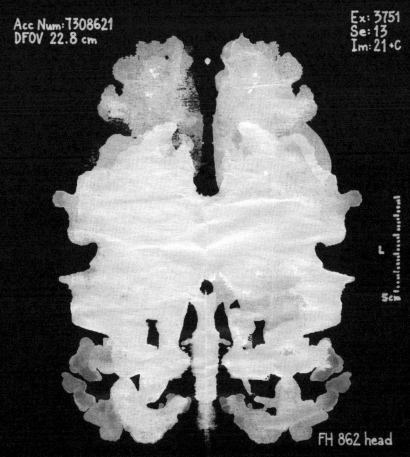

两千五百年前，庄子梦到，他是蝴蝶；醒来时，不知
他是人、梦到自己是蝶，还是蝶、梦到自己成人。
一如这场人尽皆知的梦，现在我醒来，不知我是
机器的虚构、梦到自己曾是人，还是人、
梦到自己曾被机器所生。

若人能飞，并非借助技术手段，而是简单升起，没有重力？

若人总能脱胎换骨？

如果可以是人，下一瞬间成为斑马、猴面包树、
亚马孙河畔的兰花，然后是火星上的微生物，
远方太阳系的太阳，神兽，光线，量子，
或全然无形、不可想象之物？

怎么办？

11. 净 土

我睁开眼睛。

我在白色的无限空间里。

我跌倒。
　　我坠落。

我跌跌撞撞。

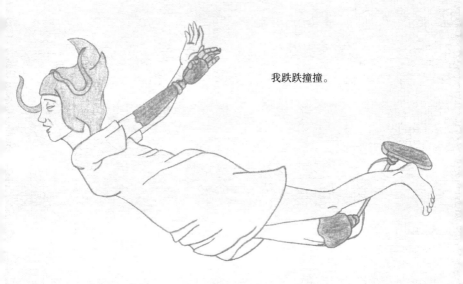

我想，我降落了几个小时，
也许几天。

甚或几个世纪。

黑。黑。

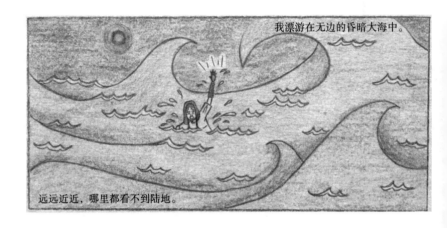

我漂游在无边的昏暗大海中。

远远近近，哪里都看不到陆地。

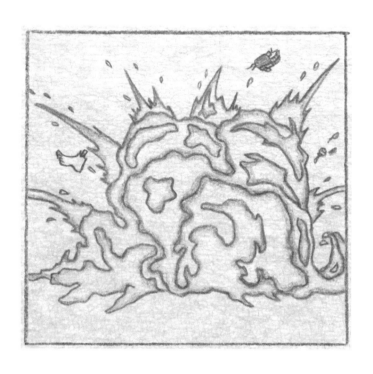

黑。黑。

15. ABRA CADABRA

热气球飞在高楼间。

闪耀，迷离，仿佛来自另一个世界。
刺眼的阳光在它的外表反射。

烟花出现在城市上空。

73

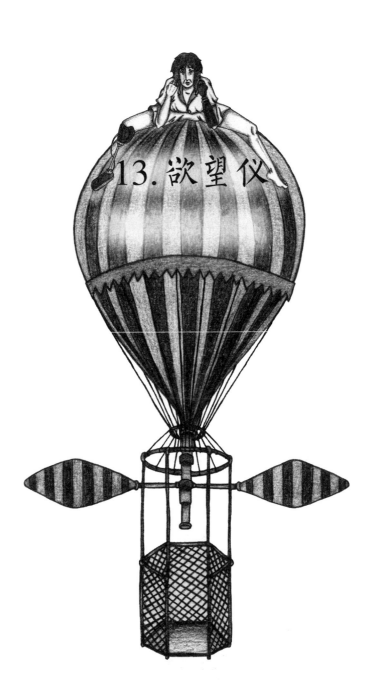

这个世界的忧郁：
什么都不消失。

14.自凝岛

我清空了宇宙。它设计得很糟，或许是某个无聊的神失败的构思。或是拙劣的盗版。于是它不见了。再无时间。无空间。无形式。无自然法则。无编码。终于。虚无。唯有一个意志：重新启动。应是个没有开始的新开始。不是同种东西的重复。再不走向溃败。这一次，一定要做对！没有革命。那是旧世界的旧词。无形的点滴凝结。是生成。是另一点滴的凝结。是美。消逝之美。触之狂喜。空间蜷曲，折叠为佯谬的无穷结构。物的字母表诞生其上。语言很美。字母表无穷且无意义。花非花，而是绽放。机器非机器，而是绽放。无人如此区分颜色：（a）色 （b）不可想象之色 （c）只能在绝对黑暗中看见的色（d）无人看时闪烁如银、不可见的色 （e）用兰花睫毛涂在羊皮纸上的蓝 （f）螺旋状粗糙彩虹的色 （g）黄的某一丝绿意。无钟表，因而无时间。从未来活入过去，从当前活入眼下。无卷尺，因而无空间。两物之间是三首曲子的距离。自然被制造。文化恣肆蔓生。没什么不是已包含着自己的已包含着自己的自己。数不用来计数，只用于讲述。数学家寻找美。哮喘病人寻找美。经济学家寻找菜场。它在星期五关门。没什么不反对自己。现已证实。有地球，太阳的另一侧则有反地球。反太阳的另一侧则是反反地球。如此继续，无物消逝。风景因漫行者而变。书籍因读者而变。读者因漫行者而变。无人立于地面。大地抓紧脚，以防跌倒。我是多，常是别人。诸地球旷世难寻。

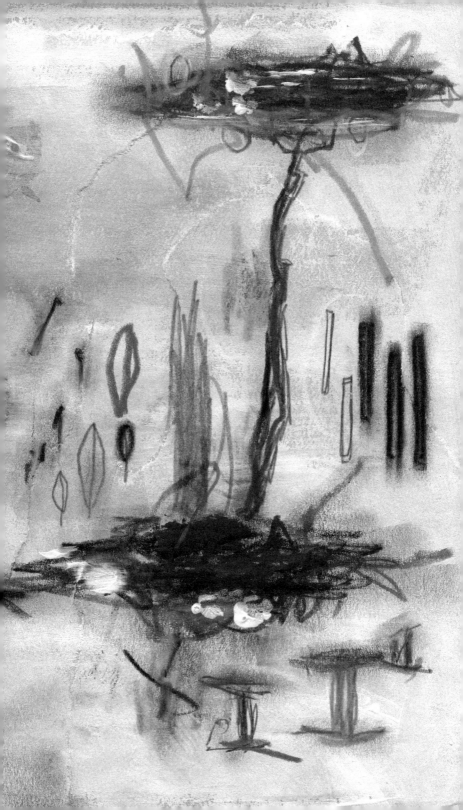

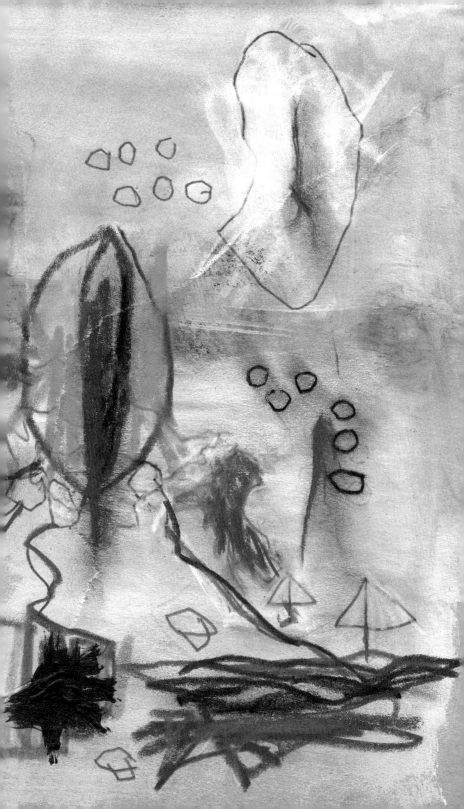

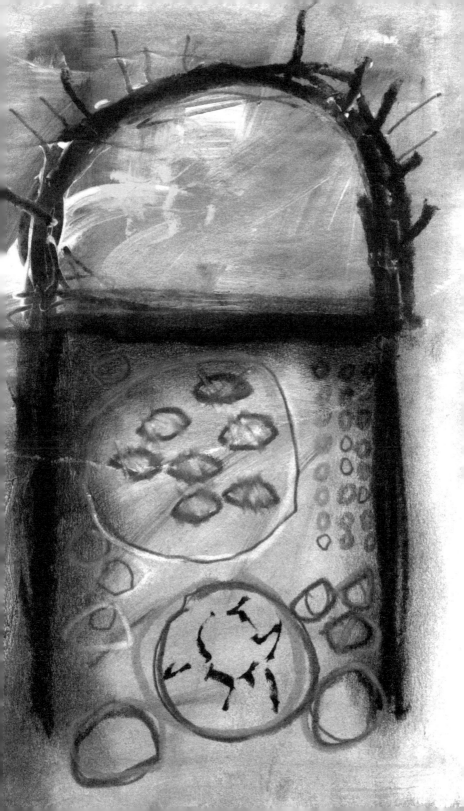

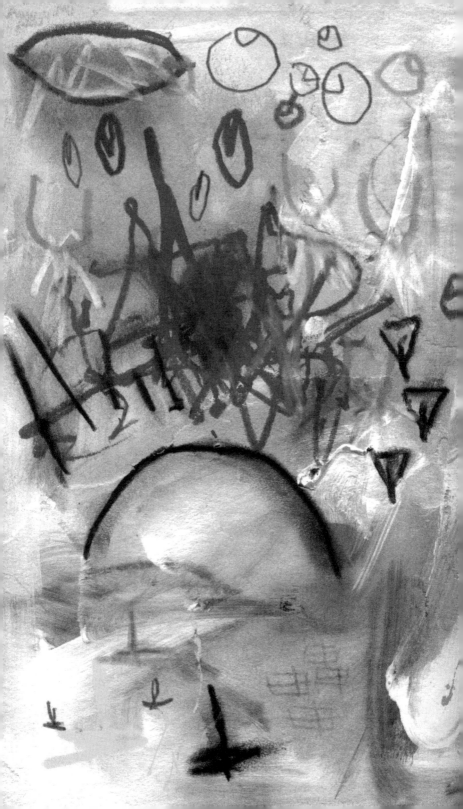

15. 磨

16. 比希莫特巨兽

如果你是一切，就永远孤独。

17.镜

出逃模式成功运行。

重启？重启？重启？

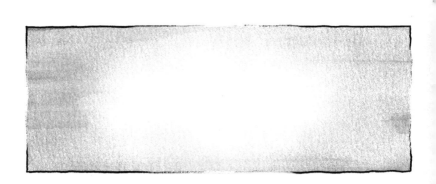

停！

这不是第一页，而是最后一页。《幸福岛》是日本漫画。

与欧洲书籍镜像相反——它要书脊在右，也就是从"后"

向"前"、从右向左读。